Coleção Aventuras Grandiosas

Edgar Allan Poe

O BARRIL DE AMONTILLADO

E

O DEMÔNIO DA PERVERSIDADE

Adaptação de Rodrigo Espinosa Cabral

2ª edição

CB125132

EDITORA RIDEEL
Quem tem Rideel tem mais.

O BARRIL DE AMONTILLADO

PRÓLOGO

Em um tempo em que a honra valia uma vida, era comum homens duelarem até a morte com espadas ou pistolas para que o nome de suas famílias permanecesse limpo. Mesmo que para isso as mãos se sujassem de sangue.

Nesse tempo viveu o personagem Montresor e seu amigo Fortunato. Siga os passos dessas duas figuras históricas para a literatura mundial. Vá com eles, fantasiado, pela rua animada durante o Carnaval. Vá dobrando esquinas enquanto o barulho diminui e o sol se põe. Suba a colina e observe os muros pesados e seculares que limitam o casarão cinzento do mundo real. Observe como caminham ansiosos os personagens. Siga-os e entre na antiga mansão dos Montresor, por sua conta e risco.

Cuidado com os degraus, com as tochas, com o que põe na boca... Cuidado com cada página, cada frase, cada palavra. Algumas cortam, outras deixam você no escuro enquanto todas gargalham sem parar.

Tenha uma péssima leitura.

❦ PRÓLOGO: introdução, apresentação da história

O BARRIL DE AMONTILLADO

"**CRÁPULA**, porco, sujo, nojento."

As palavras de Fortunato ainda golpeavam minha cabeça.

"Imbecil, **DESCONJURADO**, canalha!"

Sentia cada sílaba como se fossem **FALANGES** de dedos firmes. Lembrava-me de sua boca grande soltando **IMPROPÉRIOS** e eles me irritavam. A simples recordação de suas ofensas me queimava o estômago e me fazia querer vingança.

Vocês me conhecem bem e sabem que não sou homem de proferir ameaças. Meu objetivo era apenas um: vingança. Ameaçá-lo, exigir desculpas ou entrar em bate-boca, nada disso iria me deixar em paz comigo mesmo. Mas, para tanto, eu precisava ser calculista. Não poderia me expor a riscos. Deveria puni-lo e permanecer impune à justiça. Não seria certo se eu fosse castigado pela lei por tentar lavar minha honra. Da mesma forma, não seria certo esquecer as ofensas de Fortunato e perdoá-lo. Minha família tem a tradição de não levar desaforo para casa e Fortunato iria pagar muito caro por sua boca grande!

Fazia parte do meu plano iludir meu alvo. Dei tempo ao tempo e planejei uma vingança detalhada. Para esfriar a cabeça, fiquei algumas semanas sem vê-lo. Enquanto isso ia desenvolvendo mentalmente o meu plano. Depois, fui aos poucos me aproximando dele. Tive que fazer caras e bocas e fingir ser seu amigo. Uma parte de mim tinha raiva só de se chegar perto da figura **BONACHONA** de Fortunato, mas meu objetivo final compensava o sacrifício e fazia com que eu aceitasse a situação. Dava-me um certo prazer imaginar que, se Fortunato lesse meus pensamentos, saberia que meus sorrisos se originavam da ideia de sua **IMOLAÇÃO**.

Como quase todo italiano, Fortunato se dizia um conhecedor de vinhos. Falava com orgulho de suas qualidades. Na verdade, são poucos os italianos que realmente conhecem a alma de um vinho. A maioria aproveita a fama **VINÍCOLA** do país e, em situações propícias, como jantares, festejos e banquetes, ilude leigos, **MOÇOILAS** e milionários ingleses ou austríacos. Quanto a meu amigo, devo dizer que Fortunato entendia de vinhos antigos e tinha a mim como um bom conhecedor

- **CRÁPULA:** canalha, calhorda, libertino
- **DESCONJURADO:** ofendido, desacatado
- **FALANGE:** osso do dedo da mão ou do pé
- **IMPROPÉRIO:** insulto
- **BONACHONA:** com bondade, ingenuidade e paciência naturais
- **IMOLAÇÃO:** assassinato por vingança
- **VINÍCOLA:** relativo à vinicultura
- **MOÇOILA:** mocinha

de vinhos italianos. De fato, eu os aprecio e, na época, costumava adquiri-los em grande quantidade.

Já tinha todo o plano mentalizado e fazia alguns dias que eu esperava o momento certo para pô-lo em prática. Durante o supremo delírio do carnaval, no final da tarde, encontrei meu amigo. Estava alegre e me cumprimentou com entusiasmo. Suas palavras vinham vestidas com o cheiro do álcool. Seu comportamento atestava que estivera bebendo a tarde toda. Diria até que estava engraçado, enfiado numa fantasia justa e listrada, com um chapéu **CÔNICO** cheio de **GUIZOS** na cabeça.

Apertei sua mão e meus olhos brilharam com a possibilidade de iniciar minha vingança.

— Tudo bem contigo, Fortunato?

— Tudo ótimo, Montresor!

— Fico feliz de ver que está bem animado hoje. Queria mesmo falar com você. É que essa manhã me entregaram um barril de vinho. Disseram que é **AMONTILLADO**...

— Como é que é? — a música e seu estado não o deixavam ouvir direito.

— Recebi um barril de amontillado!

— O quê! De amontillado? Tem certeza? É muito raro! Ainda mais agora, no meio do carnaval...

— Pois é. Eu também tenho dúvidas quando a veracidade dessa carga. Mas, mesmo assim, resolvi arriscar e comprei. Tentei encontrá-lo para tirar a dúvida, mas como não o achei, acabei comprando assim mesmo, para não perder a oferta.

— Amontillado! Eheheheh. Acho que você comprou gato por lebre.

— Será? Talvez sim, talvez não...

— Ah, o amontillado...

— ... mas por via das dúvidas, pensei em consultar o Luchesi. Acho que ele pode dar um parecer e...

— Você está louco? O Luchesi é um italiano bruto! Não sabe a diferença entre um **XEREZ** e um amontillado!

— Sempre ouvi comentários que ele e você são os maiores especialistas em vinho na cidade.

— Chega de perder tempo. Vamos! — disse Fortunato, muito ansioso.

- **CÔNICO**: em forma de cone
- **GUIZO**: pequeno sino
- **AMONTILLADO**: tipo de vinho proveniente da cidade de Montilla, província de Córdova, na Espanha
- **XEREZ**: generoso vinho seco ou doce fabricado na província espanhola da Andaluzia

— Vamos para onde?

— Até a sua adega, ora.

— Mas, Fortunato, não quero atrapalhar. É carnaval, homem! Você está se divertindo e...

— O vinho é a melhor diversão para o homem — disse, pegando o meu braço e me conduzindo pela rua, rumo ao meu castelo.

Aos poucos fomos deixando o território dos carnavalescos com suas cores, movimento e músicas e começamos a entrar nas ruas mais quietas da cidade. Lembro nitidamente o meu prazer em contornar as esquinas, em caminhar pelas ruas de pedra, subir a ladeira e avistar o pôr do sol lá de cima. Mais algumas quadras e chegávamos ao meu lar. A criadagem estava de folga no carnaval. Passamos os muros seculares e entramos na antiga propriedade da minha família, os Montresor. Os últimos fios de sol se despediam e a tarde, aos poucos, dava lugar à noite. Uma longa noite...

Abri a porta e entramos no saguão principal. As imensas pedras que constituíam o castelo mantinham a sala uns cinco graus abaixo da temperatura exterior. Pegamos duas tochas e caminhamos até a porta de entrada das **CATACUMBAS**, onde estava a adega. A umidade aumentava à medida que descíamos a escadaria estreita, com degraus irregulares. Mostrei para Fortunato teias de aranha cristalizadas pela ação do **SALITRE**.

Ao vê-las, começou a tossir. Tentava falar, mas a tosse não deixava. Seus olhos ficaram vermelhos e o ar lhe faltou por um momento. Levou quase cinco minutos para dominar a tosse e recuperar a fala.

— Essa maldita tosse — reclamou.

— Vamos voltar, Fortunato. Esse lugar não faz bem à sua saúde. Você não deve se arriscar. Afinal, você tem a vida ganha. É rico, amado e feliz. Feliz como um dia eu fui. Ao contrário de mim, você faz falta para a sociedade. Vamos voltar antes que você piore.

Em seu rosto notei que ele iria seguir minha sugestão e voltar, por isso, antes que pudesse responder, continuei falando:

— Amanhã eu falo com o Luchesi e ele...

— Pode parar com isso. O Luchesi, você sabe, não é o sujeito mais apropriado para averiguar a autenticidade de um amontillado. E, cá pra nós, não é uma tosse qualquer que vai me matar!

— Ah, isso é verdade... isso é verdade — respondi, enquanto oferecia a ele um gole de Médoc.

- **CATACUMBA:** galeria subterrânea
- **SALITRE:** nitrato de potássio

Seus olhos brilharam quando peguei a garrafa empoeirada de uma estante de madeira.

— Vai nos defender da umidade — falei para encorajá-lo.

Ele levou o gargalo aos lábios e deu uma golfada. O vinho faiscou em seus olhos e os guizos no seu chapéu se sacudiram.

— Esse lugar é enorme — falou para mudar de assunto.

— Os Montresors eram muito **ABASTADOS**. Herdei deles o gosto pelo vinho e algumas tradições...

— Como era o **BRASÃO DA FAMÍLIA**?

— O desenho de um pé humano pisando uma serpente, que lhe pica o calcanhar.

— Qual é a **DIVISA**?

— **NEMO ME IMPUNE LACESSIT.**

Fortunato achou o lema bonito, enquanto minha imaginação fluía ao sabor do Médoc. Passamos em frente de uma parede de ossos empilhados, velhos barris e **PIPOTES**, nos confins da catacumba. Para encorajar meu convidado, resolvi pegá-lo pelo braço. Naquela região da catacumba, o salitre **INFESTAVA** o teto e as paredes feito um fungo.

— Fortunato, estamos bem embaixo do leito do rio. A umidade aqui é **NOCIVA**! Vamos voltar antes que sua tosse ataque de novo.

— Para com essa frescura. Vamos em frente. Mas antes me passe o Médoc.

Peguei um De Grave em outra estante, quebrei o gargalo com classe e alcancei a ele. Fortunato enxugou a garrafa de uma só vez. Seus olhos ar-diam com o álcool. Quando sorveu a última gota, abriu um sorriso e se livrou da garrafa.

Escutei o barulho dos cacos contra as pedras úmidas do piso e olhei para ele buscando uma explicação para aquele ato.

— O que foi? — perguntou. — Não conhece esse ritual?

— Não.

— Ué, você não pertence à irmandade?

— Que irmandade, Fortunato?

— Pensei que você fosse maçom.

- **ABASTADO:** rico
- **BRASÃO DA FAMÍLIA:** insígnia que representa uma família de nobres
- **DIVISA:** lema, frase que simboliza a ideia ou o sentimento de um grupo social
- **NEMO ME IMPUNE LACESSIT:** ninguém me ataca sem ficar impune
- **PIPOTE:** pequena pipa ou barril
- **INFESTAVA:** dominava, tomava conta
- **NOCIVA:** prejudicial, perigosa

— Ah, claro. Sou sim. Não me lembrava desse ritual...

— Você é maçom? Não acredito. Mostre o sinal.

— Serve este aqui? — disse, pegando uma colher de pedreiro dentro de meu casaco.

— Você tem uma colher aí dentro! Você deve estar de brincadeira! Você é mesmo surpreendente, Montresor! Mas vamos logo ver o amontillado!

— Vamos lá! — disse eu, oferecendo o meu braço para que Fortunato se apoiasse pesadamente.

Seguimos em frente. O corredor ficou um pouco mais estreito, o teto, mais baixo e o chão, mais úmido. Faltava **SOBRIEDADE** para Fortunato raciocinar que apenas um barril pequeno passaria por aqueles corredores. Talvez, se não estivesse tão empolgado em **SORVER** o amontillado, pudesse pensar que não havia sentido em carregar um barril até o fundo da adega. Caso ele reclamasse da distância eu diria que havia reservado um lugar especial para aquela bebida, nos últimos recantos da adega. Mas, **EMBRIAGADO**, ele não demonstrou essa curiosidade.

Chegamos numa **CRIPTA**, onde o ar era tão ruim que as chamas de nossas tochas ficaram reduzidas a brasas. Devido à escuridão, acho que Fortunato não notou duas enormes pilhas de ossos humanos nas paredes laterais. A parede à nossa frente, até pouco tempo, também escorava uma pilha de ossos, mas eu os havia removido recentemente para executar meu plano, deixando apenas um pequeno monte ali por perto.

— Fortunato, o amontillado está aqui. Mas, sinceramente, acho melhor a gente voltar. Amanhã eu falo com o Luchesi...

— O Luchesi é um poço de ignorância — disse, dando um passo à frente na escuridão da sala e caindo na minha armadilha.

A armadilha era uma reentrância na cripta com um buraco de um metro e vinte centímetros de profundidade que eu havia escavado para facilitar o plano. Com Fortunato caído foi fácil acorrentá-lo a duas pesadas argolas de ferro, presas ao chão de granito por oito grossos parafusos.

— Eu dei várias chances a você. Mas sua **ARROGÂNCIA** e seu ar superior o impediram de querer voltar. Agora se divirta. Passe a mão na parede e sinta o salitre. Sinta o piso frio e úmido. Sinta o escuro da solidão e do cativeiro.

- **SOBRIEDADE:** estar sem o efeito de bebida alcoólica
- **SORVER:** beber
- **EMBRIAGADO:** ébrio, alcoolizado
- **CRIPTA:** galeria subterrânea onde se guardavam relíquias e se enterravam mártires
- **ARROGÂNCIA:** soberba, atrevimento, insolência

Ainda confuso com o acontecido, meu amigo disse com uma voz de espanto:

— O amontillado.

Eu sorri e respondi a ele:

— Mas é claro, o amontillado.

Ao dizer isso, remexi a pequena pilha de ossos, de onde tirei argamassa. Em outro canto da cripta havia tijolos. Com minha colher de pedreiro, usei esses materiais para fechar a entrada da armadilha. Ergui a primeira e a segunda fileira de tijolos e comecei a escutar as reclamações e lamentos de Fortunato. A corrente vibrava em contato com as argolas. Coloquei a terceira e quarta fileiras de tijolos e ele começou a me insultar. Parei meu trabalho e me sentei na pilha de ossos para saborear o momento.

Suas ofensas agora não me atingiam mais. Fortunato estava dominado. Fiquei me deliciando com a sua voz até que ele teve um enorme ataque de tosse. Quando parou de tossir, disse mais alguns palavrões. A voz estava rouca. Ao escutar minhas risadas, Fortunato começou a se debater nas correntes. Apreciei por uns cinco minutos o tilintar dos metais enferrujados até que ele cansou e sua corrente parou de fazer barulho. Aproveitei sua pausa para erguer a quinta e a sexta fileiras de tijolos, que já estavam na altura de meu peito. Escutava apenas a respiração cansada e forçada de Fortunato. Por curiosidade, estiquei meu braço por cima do muro e iluminei o rosto do meu prisioneiro. Foi como cutucar uma fera, que explodiu em berros e gritos. Cheguei a me assustar e recuei. Depois, desembainhei minha espada e com cuidado cutuquei a área do buraco e meu prisioneiro. Estava tudo em seu lugar: a corrente, as argolas e a pele de meu amigo, que continuava gritando, com a voz cada vez mais rouca.

Para me divertir, resolvi gritar junto com ele. Comecei a imitá-lo e a fazer eco com suas palavras e lamentações. Se ele me xingava, eu devolvia a injúria:

— Seu mentiroso! — gritava meu opositor.

— Seu mentiroso! — eu repetia no mesmo tom, mas com deboche na voz.

— Quando eu sair daqui você vai se arrepender!

— Quando eu sair daqui você vai se arrepender! — eu repetia com prazer, infernizando o estado psicológico de Fortunato.

— Maldito Montresor!

— Maldito Montresor! — eu **ARREMEDAVA**, fazendo gestos ridículos e me divertindo muito.

ARREMEDAVA: imitava de modo grotesco

— Crápula grotesco! Eu vou te matar! Eu vou te matar!

— Crápula grotesco! Eu vou te matar! Eu vou te matar! — **MACAQUEAVA** eu com uma risada feroz nos dentes.

Até hoje me dá prazer lembrar daquela cena, da fúria de meu amigo e de sua **FRUSTRAÇÃO** e consequente silêncio, quando ele desistiu de reclamar e ficou quieto. Pude então retomar minha tarefa. Coloquei a sétima, a oitava, a nona e a décima camadas dos tijolos grandes e pesados. Já era meia-noite e faltava um tijolo para completar a última camada, quando uma gargalhada vinda da reentrância quebrou o silêncio da cripta.

— Ehehehehehehehh! Foi uma boa troca. Vamos rir muito por causa desse vinho lá em casa. Ehehehehehe.

— O amontillado! — exclamei.

— Eheheheheh. É claro, o amontillado. Mas agora já está tarde. Vamos voltar. Minha mulher e os outros devem estar nos esperando. Vamos embora.

— Sim, nós vamos embora — menti com ironia na voz.

— Pelo amor de Deus, Montresor! — implorou Fortunato.

— Sim — pelo amor de Deus, — respondi com a mesma ironia na voz.

Esperei para ver quais seriam suas próximas palavras, mas só recebi o silêncio.

— Fortunato!

Não houve resposta.

— Fortunato!

Como ele não respondia, resolvi jogar uma tocha pelo buraco do único tijolo que faltava. Ouvi um balanço dos guizos do chapéu. Sorri e rapidamente coloquei o último tijolo no muro. Meu amigo ficou encerrado no fundo da cripta e a parede pesada separava meu ato da realidade.

Depois, tranquilamente, repus a pilha de ossos contra a parede e já faz cinquenta anos que ninguém os tirou de lá. **IN PACE REQUIESCAT**!

- **MACAQUEAR:** arremedar à moda dos macacos
- **FRUSTRAÇÃO:** decepção
- **IN PACE REQUIESCAT:** descanse em paz

EPÍLOGO

Ao terminar esta leitura, feche o livro e feche seus olhos. Imagine que por um instante você é Fortunato, sozinho, embriagado e emparedado.

Pense na sua vida, agora que ela parece ter chegado ao fim. O que você mudaria? Você se arrepende de algo? O que gostaria de ter feito, mas não foi possível? Se pudesse sair da prisão de Montresor quais seriam as primeiras coisas que faria? Quem gostaria de ver e de abraçar? O que falaria para as pessoas que você ama?

Abra os olhos. Aproveite que está vivo e livre, e ponha em prática seu plano de viver sua vida da melhor forma possível.

EPÍLOGO: conclusão

ROTEIRO DE LEITURA

1) Quem é o narrador da história?

2) Na sua opinião, quando e onde se passa a história?

3) O que Fortunato fez para merecer a vingança do narrador?

4) Você já foi insultado e ofendido por alguém? Qual foi a sua reação?

5) O narrador se refere ao período de carnaval como "o supremo delírio carnavalesco". Explique essa expressão com o seu conhecimento do carnaval.

6) O lema da família Montresor era "ninguém me ataca sem ficar impune". Você concorda com essa frase? Por quê?

7) Pense nos países do planeta Terra. Quais você acha que têm se comportado como Montresor? Por quê?

8) Você acha que Montresor agiu por vingança, maldade, prazer ou devido a algum desequilíbrio mental?

9) Cite pontos positivos e negativos da decisão de Montresor em fazer justiça com as próprias mãos e dê a sua opinião sobre o assunto.

10) O narrador se referia a Fortunato como amigo. Por que a palavra amigo estava sempre em itálico?

11) Fortunato foi iludido porque queria muito ver e provar o raro vinho amontillado. Em sua vida, você já foi iludido por falsas promessas ou propagandas enganosas? Conte sua experiência.

12) Na cripta do castelo havia muitos ossos empilhados. De onde você acha que eles vieram?

13) Se Fortunato tivesse aceitado voltar e entregar a Luchesi a tarefa de examinar o amontillado, você acha que Montresor pouparia sua vida?

14) A palavra "Fortunato" deriva de qual palavra? O que essa palavra significa? O termo "Montresor" é parecido com qual palavra que você conhece? Comente a escolha desses nomes.

15) Se Fortunato não estivesse bêbado você acha que ele cairia no golpe de Montresor?

16) O Julgamento do Barril de Amontillado. Na condição de juiz, seu professor irá dividir a turma em três grupos: A) alunos que adoraram a história; B) alunos que odiaram a história; C) alunos que se mantiveram neutros a respeito da história. O grupo B terá a tarefa de criticar a história, apontando defeitos e pontos negativos. O grupo A fará a defesa da história. O grupo C agirá como júri, votando e dando um parecer decisivo sobre a "condenação" ou "absolvição" da história, se ela pode ou não ser recomendada a outros leitores.

17) Os personagens diziam ser membros da maçonaria. Faça uma pesquisa sobre essa sociedade.

18) Forme um grupo de três ou quatro alunos e reescreva o final da história em no máximo duas páginas.

19) Cada grupo deve ler sua história. Após a leitura os demais grupos devem decidir qual é a história mais interessante.

20) Você gostaria de provar o Amontillado dos "Montresor"?

O DEMÔNIO DA PERVERSIDADE

PRÓLOGO

Você já ouviu vozes dentro da própria cabeça?

Já foi atormentado por um pensamento **OBSESSIVO**?

Teve que realizar algo que em princípio não queria ou achava errado só para poder se livrar dessa ideia?

Sinceramente, espero que nada disso tenha se passado com você, até agora...

Agarre com cuidado as próximas páginas. Não tire seus olhos das letras e sinta o Demônio da Perversidade tomar conta de você aos poucos.

Planeje e cometa o crime perfeito, e tente conviver com essa incrível mente criminosa dentro de você. Poucas coisas podem ser mais assustadoras que a própria consciência.

Não está ouvindo a voz?

OBSESSIVO: em que há obsessão, perseguição

DEMÔNIO DA PERVERSIDADE

Antes de contar a minha história, preciso fazer algumas considerações sobre o que resolvi chamar de Demônio da Perversidade.

Em sua busca para descobrir quais teriam sido as intenções de Deus ao criá-lo, o homem acabou por se analisar e chegou às seguintes conclusões: como Deus lhe deu órgãos digestivos, é preciso que o homem se alimente para manter seu corpo. Essa necessidade impulsiona o homem como o chicote impulsiona o cavalo e, movido por ela, o homem come. Com a energia proveniente da comida, o homem transforma o seu meio. Deus também pôs no homem acessórios para que ele se reproduzisse e continuasse sua existência terrestre. A mente humana também foi outro presente divino e, com ela, o homem foi capaz de seguir **PRECEITOS** morais e intelectuais.

Tal pensamento teria sido mais exato se o homem tentasse deduzir as intenções divinas a partir daquilo que o próprio homem faz, e não a partir de suas suposições sobre o que ele acha que Deus quer que ele faça. Se já é difícil para nós entendermos Deus em suas obras visíveis como os grilos, as girafas, as montanhas, as estrelas, as marés... como será possível tentar entender os pensamentos e as intenções de Deus ao criar as coisas que criou?

Posteriormente, a **FRENOLOGIA** admitiu a perversidade como uma característica congênita, primitiva e paradoxal de boa parcela da raça humana. Como se, ao nascer, já estivéssemos condenados pela perversidade. Todos nós, mais cedo ou mais tarde, acabamos **ATORMENTADOS** por vozes internas, pensamentos repetitivos que vêm de nosso interior e que causam a nossa **CÓLERA**. Essa cólera, essa loucura mental muitas vezes só precisa de uma faísca, uma breve ideia para virar um impulso, para que esse impulso se converta em desejo e o desejo, em vontade. A partir daí, a vontade se torna uma **ÂNSIA** incontrolável que, infelizmente, é satisfeita. Digo infelizmente porque, quase sempre, satisfazer nossos instintos primitivos não é algo de acordo com o sistema moral e social em que vivemos... Quase sempre isso nos causa transtornos, **REMORSOS** e **MORTIFICAÇÕES**.

- **PRECEITO:** ensinamento, norma
- **FRENOLOGIA:** teoria obsoleta que estudava o caráter e as funções intelec-tuais do homem, tendo como base a configuração do crânio
- **ATORMENTADO:** que sofre tormentos, aflições
- **CÓLERA:** impulso violento
- **ÂNSIA:** aflição, angústia
- **REMORSO:** inquietação da consciência
- **MORTIFICAÇÃO:** sofrimento, aflição

Essas crises, tão cruciais para um ser humano, nos arrebatam num instante e exigem decisões rápidas, energia e ações imediatas. É como nos vermos numa fuga e, subitamente, nossa estrada acaba em um precipício. A primeira ideia, a de pular, nos causa medo, nojo, receio, angústia. Contudo, nossos inimigos se aproximam e começamos a analisar melhor o abismo. Começamos a traçar uma rota de fuga no ar. Imaginamos que aquela é a única saída, mesmo que não haja nada para nos deter. Então, empurrados pelo espírito da perversidade, nós cometemos a loucura porque no fundo sabíamos que não deveríamos cometê-la. A perversidade nos tira do sério e reduz nosso princípio inteligível a **MIGALHAS**.

Desculpem minha demora e minha filosofia, mas precisava tentar explicar por que me encontro encarcerado nesta cela reforçada. É sobre isso que quero falar. Ouçam minha história e vão entender por que me encontro agora trancado numa cela fria, com **GRILHÕES** nos punhos e tornozelos.

Acredito que nenhuma aventura humana, nenhum crime, nenhuma façanha tenha sido tão bem planejada e executada quanto a minha. Durante meses dediquei todo o meu tempo pensando em uma forma de executar minha proeza. Fiz desenhos, cálculos, li livros, passei horas imaginando situações e descobrindo suas falhas. Quando era possível, eu as solucionava; se não fosse possível reparar as falhas, abandonava o plano e partia para a mentalização de outro modo de eliminar meu oponente. Até que li num romance francês sobre a morte acidental de uma personagem chamada Madame Pilau, por uma vela envenenada. Pensei e repensei sobre aquele **DELITO** e após **MINUCIOSO** estudo, resolvi adotá-lo.

Foi preciso aprender a envenenar uma vela e armar uma forma de colocá-la no **CASTIÇAL** de minha vítima. Para tanto, armei uma visita corriqueira na qual comemos bolinhos, conversamos e tomamos chá. Quando minha vítima foi ao banheiro, **SORRATEIRAMENTE** entrei em seu aposento e substituí a vela. Os demais fatos decorreriam naturalmente, uma vez que minha vítima adorava ler deitada em sua cama e que seu quarto era estreito, pequeno e com muito pouca ventilação.

- **MIGALHA:** resto
- **GRILHÃO:** corrente, algema
- **DELITO:** crime, fato punível pela lei
- **MINUCIOSO:** detalhado
- **CASTIÇAL:** objeto usado para apoiar velas
- **SORRATEIRAMENTE:** com extremo cuidado e esperteza

"Por que o matei?" — você deve estar se perguntando.

Posso responder que estava de olho em sua herança, já que tudo que era dele seria meu quando ele morresse. Achei melhor não esperar tanto e, por isso, abreviei sua morte. No entanto, à medida que eu elaborava meu plano, meu interesse em sua perfeição, em seus detalhes e em sua execução iam deixando o seu objetivo final — tornar-me um homem rico — de lado. Posso dizer sem problema algum que, embora eu tenha **USUFRUÍDO** de vários bens materiais provenientes do meu crime, nenhum deles me deu a satisfação pessoal que o assassinato ainda me causa.

Lembro-me com **VIVIDEZ** do momento em que entrei no quarto, a porta rangendo e meu coração pulando dentro do peito enquanto substituía a vela normal pela envenenada. "Durma bem, querido parente!", pronunciei com orgulho e **MALÍCIA**. Voltei para a sala e logo ele voltava do banheiro. Com muita naturalidade, retomei nossa conversa sobre cavalos.

Depois, sempre pensando em minha segurança, lembro-me de ter destruído todas as minhas anotações e livros que remetessem ao crime. Estava quase apreciando o fogo devorar as evidências quando fui surpreendido por uma voz:

— Você aqui!

Era um amigo dos tempos de escola. Meu estômago gelou. Fingi um sorriso saudoso. Ele se aproximou. Pensei em matá-lo, mas seria tolice cometer um crime sem planejá-lo antes. Tive outra ideia:

— Venha até aqui, estou fazendo uma pequena fogueira para combater esse frio.

O sujeito se aproximou na tarde gelada de inverno, o fogo já devorava **AVIDAMENTE** os **ESBOÇOS** que poderiam provar minha culpa.

— Que boa ideia — ele disse, puxando assunto.

— É. Eu tenho mania de juntar muito papel, muito lixo. Mas hoje, com esse frio, tomei coragem e pus fogo em tudo!

Ele apenas sorriu. Por sorte era um sujeito **TOSCO**, pouco afeito a livros, e logo mudamos de assunto. Minutos depois meu ex-colega foi embora e fiquei mais calmo.

- **USUFRUÍDO**: utilizado
- **VIVIDEZ**: que tem vivacidade, intensidade
- **MALÍCIA**: má índole, tendência para o mal, esperteza
- **AVIDAMENTE**: com desejo ardente
- **ESBOÇO**: rascunho, plano inicial
- **TOSCO**: rude, bronco

Assim que ele se foi a frase apareceu em minha mente: ESTOU SALVO!

No começo gostei, era como um troféu. Como se eu tivesse ganho o prêmio do crime perfeito. Sim, o crime perfeito que muitos dizem ser uma mentira, uma ficção, era agora um segredo meu, uma conquista e uma satisfação pessoal. Mal sabia eu que aquelas duas palavras seriam a minha mais perfeita ruína...

Nos dias seguintes a satisfação circulava por todos os poros de meu ser. Lembro-me de amigos indo me visitar para informar da morte de meu parente ilustre. Lembro-me da minha expressão **FORJADA**, ao ouvir deles que minha vítima havia morrido em paz, de morte natural durante o sono. Lembro-me de ter inclusive **LACRIMEJADO**! Sem saber, eu era um ator e dos bons, afinal havia conseguido **LUDIBRIAR** várias pessoas com minha **ENCENAÇÃO**.

Essas memórias me dão, até hoje, uma sensação de conquista e de superioridade que estariam completas se não fosse a existência do Demônio da Perversidade. Engana-se quem pensa que o demônio tem chifres. Está errado quem acredita que ele anda por aí a espetar as pessoas com o seu **TRIDENTE**. Não sabe nada da vida quem acha que ele vive embaixo da terra, num inferno de labaredas. É até engraçado pensar que, para muitos, o "demo" tem pele vermelha e uma cauda pontiaguda. Sabe por que quem pensa assim está errado? Porque o demônio não tem aparência nenhuma. Nem corpo, nem nada. Porque o demônio mora dentro de nós. Dentro de nosso próprio cérebro. Talvez seu sobrenome seja consciência, talvez seja moral, não sei. Sinceramente, meu espírito acadêmico anda cansado para tais filosofias. Prefiro chamá-lo apenas de Demônio da Perversidade, a criatura que me trancafiou nesta cela de condenado.

Durante anos eu vivi em paz e alegria com o meu crime, com a minha riqueza e com meu parente morto, mas o demônio é **ARDILOSO**. Ele sabe esperar, ele aguarda seu momento de fraqueza e então começa a **PERTURBÁ-LO**. Começou de leve, aos poucos, com breves **INSINUAÇÕES**, apenas com lampejos, com a frase ESTOU SALVO. Mas, com o passar dos dias, das semanas e dos meses, foi crescendo numa **OBSESSÃO** perseguidora. Primeiro eram mínimas as vozes, de-

- **FORJADA**: inventada, maquinada
- **LACRIMEJADO**: choramingar
- **LUDIBRIAR**: enganar, burlar
- **ENCENAÇÃO**: fingimento
- **TRIDENTE**: cetro com três dentes
- **ARDILOSO**: astucioso, sagaz
- **PERTURBÁ-LO**: incomodá-lo
- **INSINUAÇÃO**: algo que se dá a entender de modo sutil
- **OBSESSÃO**: pensamento ou impulso persistente ou recorrente

pois seu volume foi aumentando e, por fim, eram várias vozes martelando minha cabeça repetidamente com o coro:

"ESTOU SALVO"

"ESTOU SALVO"

"ESTOU SALVO"

O meu maior troféu, a minha glória pessoal, a minha grande façanha se tornou um **INCÔMODO** sem precedentes. Um demônio perverso que me perseguia onde quer que eu fosse. Que não me deixava dormir, nem me alimentar, nem fazer minha higiene. Se eu corresse ele corria atrás, ou melhor, dentro de mim. Se eu ficasse parado a sensação era de descontrole. Era impossível trabalhar ou me divertir. Resumindo: era impossível viver!

A cada segundo que passava, o refrão

"ESTOU SALVO"

"ESTOU SALVO"

"ESTOU SALVO"

afundava seus caninos em meu cérebro.

Passei a falar sozinho, para que minha voz me distraísse de minha voz interior. É óbvio que as pessoas percebiam e se entreolhavam ou me olhavam com ares críticos. Para não ficar malfalado, passei a cantar, na esperança de que minha cantoria me trouxesse alívio. Só que nunca fui um bom cantor, além disso tinha vergonha de cantar na presença de outras pessoas. Minha situação ia piorando a cada dia. Por isso eu tentava me distrair no campo e na floresta. Lá meus cabelos e minha barba cresceram, mas depois de algumas semanas a vida campestre não satisfazia mais o meu ser e não me dava mais paz. Tive que voltar para a cidade.

Era uma tarde quente, estava caminhando pelas ruas do centro, tentando me distrair das vozes, quando a perversidade dominou minha boca e comecei primeiro a balbuciar lentamente:

— Estou salvo. Estou salvo.

E depois a murmurar baixinho:

— Estou salvo. Estou salvo.

Antes que pudesse reagir eu já estava falando e logo gritando aquelas palavras curiosas que poderiam pôr em jogo a minha liberdade assim que alguém me perguntasse:

— Afinal, de que é que você está salvo?

Por isso comecei a correr. Pretendia me **REFUGIAR** novamente na zona rural da cidade ou em alguma floresta, onde ninguém me escutasse. Mas o povo ficou curioso

- **INCÔMODO:** transtorno, dificuldade
- **REFUGIAR:** esconder, proteger

e várias pessoas começaram a me seguir em minha gritaria. Alguns otários pensaram que eu era uma espécie de **MESSIAS**, algum tipo de líder religioso **PREGANDO** a salvação. Sua crença só piorou minha situação, pois ficavam repetindo:

— Ele está salvo!

— Sim, ele encontrou a salvação!

— É isso! Ele diz que está salvo, então ele sabe o caminho!

— Ele é o escolhido!

— Ele é o novo messias...

Essas tolices acabaram atraindo a atenção de mais gente. Algumas pessoas ficaram revoltadas comigo e também resolveram me perseguir:

— Cala a boca, falso messias!

— Nenhum **IMPOSTOR** pode tomar o lugar do filho de Deus!

— **LINCHEM** esse mentiroso — gritavam os que não estavam de acordo com a falação do primeiro grupo. De minha parte, eu só queria correr e fugir dali. Longe de ser um enviado de Deus, eu lutava contra meu próprio demônio interior e, após alguns minutos, contra o cansaço físico. Seria uma situação engraçada, não fosse tão dramática e perigosa.

É claro que aquele **ALARIDO** todo chamou a atenção da polícia. Em pouco tempo, guardas a pé e a cavalo se infiltravam na multidão. Para um policial, ver um único homem fugindo de dois grupos numerosos de pessoas só significa uma coisa: que eu era um **MELIANTE** que precisava ser detido. A cavalo, um guarda tomou a dianteira e conseguiu me derrubar. Caí no chão frio e rasguei as calças e os joelhos. Membros da "minha seita" vieram me socorrer. Gritavam:

— Homens fardados novamente estão maltratando o filho de Deus!

— A história se repete!

— Mas desta vez não vamos permitir que humilhem o filho do Senhor! — gritavam os novos fanáticos.

Alguns deles partiram para a briga com os policiais. A tropa jogava os cavalos sobre o povo e a confusão estava armada. Nove outros policiais me cercaram e algemaram. Com tiros para o alto eles me protegeram do grupo que queria me adorar e do grupo que queria me linchar. Por alguns instantes, meus "seguidores" tentaram me libertar da polícia:

- **MESSIAS:** pessoa ou entidade na qual se deposita esperança de salvação
- **PREGANDO:** fazer alguém acreditar no que está sendo dito
- **IMPOSTOR:** quem finge ser outra pessoa
- **LINCHEM:** façam "justiça" de modo sumário, violento e coletivo.
- **ALARIDO:** algazarra, gritaria
- **MELIANTE:** malandro, vadio

— Soltem nosso líder! Soltem o novo messias! — gritavam aos guardas.

Mesmo armada, a polícia estava em número bem menor e poderia se dar mal naquela situação. Cheguei a pensar que eles me soltariam e eu iria do fogo para a frigideira, caindo na mão de fanáticos religiosos recém-concebidos. Por sorte o grupo que queria me linchar fez menção de me libertar à força para me dar uma coça, e meus fiéis seguidores resolveram partir para a briga.

Foi uma rusga muito feia que se alastrou pelas ruas da cidade. Homens maduros, pais de família, jovens, crianças, mães e até idosos se **ENGALFINHARAM** a socos, cotoveladas, pedradas, chutes e cusparadas. A polícia aproveitou para sair dali. No fim das contas até me senti bem em ter sido preso. Achei bem melhor do que ter sido linchado!

Não é difícil imaginar a confusão na delegacia. Os policiais detiveram e interrogaram alguns populares dos dois grupos a respeito do que acontecia ali. Depois vieram me interrogar. Mesmo que eu conseguisse me controlar e não confessar meu crime, a polícia iria me prender por desordem pública, **BADERNA**, **INCITAÇÃO** popular e sabe-se lá quantas acusações mais. Demonstrando uma frieza e uma clareza espantosas, eu comecei a relatar meu crime. Estava cansado daquela vida de refém do Demônio da Perversidade, por isso, contei tudo. Em minutos arranquei de minha alma um segredo de anos. O crime que estava **INCRUSTADO** em meu ser se soltou e saiu pela minha boca. Falei com todos os detalhes sobre a minha ganância, minha mesquinharia, minha frieza e minha maldade. No começo os guardas acharam que era uma história **MIRABOLANTE** para que eu me safasse da bagunça que havia produzido nas ruas. Mas como mantive a seriedade no relato e como algumas pessoas na delegacia conheciam minha vítima, acabei **ENCARCERADO**. Fui levado para uma cela e alguns dias depois julgado e condenado.

Se eu tivesse uma faca teria arrancado minha própria língua, mas como não pude conter minha perversa consciência vou terminar meus dias na prisão. Muitas vezes me pergunto se minha maldade foi tão grande que eu não pude controlá-la e acabei fazendo mal a mim mesmo ou se não passo de um doente mental. Hoje me encontro aqui nesta jaula. Amanhã estarei livre das grades e dos ferros, mas para onde vou?

- **ENGALFINHARAM:** agarraram em luta corporal
- **BADERNA:** desordem, confusão
- **INCITAÇÃO:** estímulo à ação
- **INCRUSTADO:** fortemente preso
- **MIRABOLANTE:** espalhafatoso, vistoso
- **ENCARCERADO:** preso, confinado

EPÍLOGO

Movido pela cobiça e pela ganância, o protagonista desta história cometeu um crime premeditado. Ao ver seu desejo de riqueza satisfeito, ele começou a ouvir vozes. Era a sua consciência cobrando pela autoria da maldade.

Fazer maldades pode até ser fácil num momento de sangue quente, raiva, cobiça ou egoísmo exagerado. Porém, conviver com o crime, com a memória de ter causado danos a outras pessoas pode vir a ser mais difícil do que ser preso.

Pelo menos é o que nos conta o narrador ao enfrentar o demônio perverso de sua própria consciência, preferindo a prisão a uma vida de culpas.

E quanto a você? Como anda sua consciência? Tomara que limpa e leve. Se algo, no entanto, o perturba, tente conversar sobre o assunto com a fonte das preocupações para recuperar sua tranquilidade.

ROTEIRO DE LEITURA

1) Qual a diferença entre as primeiras páginas e o resto da história?

2) Por que você acha que o narrador foi mais formal no começo de seu relato?

3) De que forma o narrador matou sua vítima?

4) Qual foi sua fonte de inspiração para escolher a arma do crime?

5) O assassino agiu de forma premeditada?

6) Qual foi a motivação do assassino em matar sua vítima?

7) Quem era a vítima?

8) Para o narrador, algumas pessoas já nascem más, com a necessidade de praticar o mal (mesmo que seja contra elas mesmas). Explique se você concorda ou não com essa ideia.

9) Compare sua resposta com a resposta de outros colegas. Para a maioria da sua turma o ser humano nasce bom e a sociedade o torna mau ou existem aqueles que nascem bons e aqueles que nascem maus?

10) Explique qual o significado das seguintes palavras: "bom", "mau", "bem", "mal".

11) O narrador da história agiu por cobiça e maldade. Você já desejou muito algo que era de outra pessoa? Como você reagiu?

12) Anos após cometer o crime, o narrador passou a ser perseguido por vozes. Por que você acha que isso aconteceu?

13) O Demônio da Perversidade era uma força interior que obrigava o narrador a fazer o mal inclusive contra ele mesmo ou o Demônio da Perversidade era a consciência do narrador?

14) Algumas pessoas têm compulsões que as levam a cometer excessos. Há quem se exercite demais, quem durma exageradamente, quem goste de comer em excesso etc. Você tem alguma compulsão ou conhece alguém que tenha? Como você lida com isso?

15) Você já se arrependeu de ter feito algo ruim para você mesmo ou para outras pessoas? Conte sua experiência.

16) Em nossa sociedade há vários programas televisivos explorando o submundo do crime, muitas vezes de forma **SENSACIONALISTA**. Forme um grupo de três ou quatro pessoas e conte a história como se fosse uma reportagem policial.

> ❦ **SENSACIONALISTA:** notícia divulgada com ênfase no escândalo, na emoção e em detalhes chocantes.

17) Parte da multidão queria linchar o narrador por motivos religiosos. Na vida real muitos grupos sociais também se agridem por não conseguir conviver com diferenças religiosas. Cite algum país onde isso aconteça.

18) No final do texto, o narrador pergunta onde ele vai estar no futuro. Qual a sua opinião a respeito?

19) Em alguns países assassinos julgados são condenados à pena de morte. Você é a favor da pena de morte?

20) O narrador da história acabou confessando seu crime. Se você fosse o juiz de seu julgamento, que pena você daria a ele?

O BARRIL DE AMONTILLADO
E
O DEMÔNIO DA PERVERSIDADE

Edgar Allan Poe

BIOGRAFIA DO AUTOR

Embora tenha vivido apenas 40 anos, Edgar Allan Poe conseguiu compor uma obra revolucionária na literatura mundial. Seus contos de horror influenciaram diversos artistas, escritores e roteiristas de cinema no século XX. Poe também é tido por muitos críticos como o inventor da ficção policial, além de ter escrito poemas fascinantes como O corvo e Annabel Lee (apresentado aqui na tradução do poeta português Fernando Pessoa). Annabel Lee é um dos primeiros poemas da escola simbolista de poesia, valorizando a sonoridade das palavras.

Annabel Lee

Foi há muitos e muitos anos já,
Num reino de ao pé do mar.
Como sabeis todos, vivia lá
Aquela que eu soube amar;
E vivia sem outro pensamento
Que amar-me e eu a adorar.

Eu era criança e ela era criança,
Neste reino ao pé do mar;
Mas o nosso amor era mais que amor —
O meu e o dela a amar;
Um amor que os anjos do céu vieram
a ambos nós invejar.

E foi esta a razão por que, há muitos anos,
Neste reino ao pé do mar,
Um vento saiu duma nuvem, gelando
A linda que eu soube amar;
E o seu parente fidalgo veio
De longe a me a tirar,
Para a fechar num sepulcro
Neste reino ao pé do mar.

E os anjos, menos felizes no céu,
Ainda a nos invejar...
Sim, foi essa a razão (como sabem todos,
Neste reino ao pé do mar)
Que o vento saiu da nuvem de noite
Gelando e matando a que eu soube amar.

Mas o nosso amor era mais que o amor
De muitos mais velhos a amar,
De muitos de mais meditar,
E nem os anjos do céu lá em cima,
Nem demônios debaixo do mar
Poderão separar a minha alma da alma
Da linda que eu soube amar.

Porque os luares tristonhos só me trazem sonhos
Da linda que eu soube amar;
E as estrelas nos ares só me lembram olhares
Da linda que eu soube amar;
E assim estou deitado toda a noite ao lado
Do meu anjo, meu anjo, meu sonho e meu fado,
No sepulcro ao pé do mar,
Ao pé do murmúrio do mar.

Embora sua obra seja inovadora e faça sucesso até hoje, a vida pessoal do autor foi cheia de **PERCALÇOS**. Filho de um casal de atores pobres de teatro, Edgar Allan Poe nasceu dia 19 de janeiro de 1809 na cidade norte-americana de Boston. Quando tinha dois anos, seus pais morreram de tuberculose e Poe foi criado pelos tios. Por isso, dos 6 as 11 anos de idade, viveu na Inglaterra, onde completou seus primeiros estudos. Com 17 anos ele entrou na Universidade de Virginia, nos Estados Unidos, mas como seu tio não podia pagar os estudos, Poe foi obrigado a deixar o ensino superior após um ano de curso.

Fora da vida universitária, Poe se alistou no exército, na academia militar de West Point, da qual foi expulso. Quando saiu foi morar com uma tia em Baltimore. A paixão pela escrita o fez se aventurar no jornalismo, trabalhando na Filadélfia e em Nova Iorque. Quando tinha 31 anos, casou com sua prima de 13. Mas quis o destino que mais uma vez a tuberculose o afastasse de pessoas queridas. Com a morte da menina, Poe voltou a beber de modo **CONTUMAZ,** o que abreviou sua existência. Poe morreu dia 7 de outubro de 1849 em Baltimore, deixando textos que influenciam nossa cultura até hoje.

Contos como Os crimes da rua Morgue inauguraram as histórias de detetive e do policial como herói anos antes de Conan Doyle escrever Sherlock Holmes. Contos como O barril de amontillado e O Demônio da Perversidade abriram com qualidade as portas de uma literatura de horror que se ramificou por outras mídias como cinema, seriados de televisão e histórias em quadrinhos.

- **PERCALÇO:** dificuldade
- **CONTUMAZ:** obstinado, teimoso

COLEÇÃO
AVENTURAS GRANDIOSAS
Série 3
COLEÇÃO AVENTURAS GRANDIOSAS
POLIANA
Eleanor H. Porter
Adaptação de Isabel Vieira
COLEÇÃO AVENTURAS GRANDIOSAS
A PEQUENA PRINCESA
Frances H. Burnett
COLEÇÃO AVENTURAS GRANDIOSAS
OS ROBINSONS SUÍÇOS
Johann Wyss
Adaptação de Rodrigo Espinosa Cabral
COLEÇÃO AVENTURAS GRANDIOSAS
O PRÍNCIPE E O MENDIGO
Mark Twain
COLEÇÃO AVENTURAS GRANDIOSAS
O JARDIM SECRETO
Frances H. Burnett
Adaptação de Isabel Vieira
COLEÇÃO AVENTURAS GRANDIOSAS
BELEZA NEGRA
Anna Sewell
Adaptação de Rodrigo Espinosa Cabral
COLEÇÃO AVENTURAS GRANDIOSAS
IVANHOÉ
Sir Walter Scott
COLEÇÃO AVENTURAS GRANDIOSAS
TOM JONES
Henry Fielding
Adaptação de Ana Carolina Vieira Rodriguez
COLEÇÃO AVENTURAS GRANDIOSAS
O CORCUNDA DE NOTRE-DAME
Victor Hugo
Adaptação de Isabel Vieira
COLEÇÃO AVENTURAS GRANDIOSAS
O PEQUENO LORDE
Frances H. Burnett
EDITORA RIDEEL

Coleção Clássicos Universais

Durante a viagem, Paraguaçu cai num profundo sono que assusta Diogo, pois ele não sabe se ela apenas dorme ou se está doente. Depois de um certo tempo ela desperta e conta a todos os tripulantes o sonho que teve enquanto dormia.

Catarina, Paraguaçu, sonhou com o destino do Brasil, sua terra natal. Muitas lutas ocorreriam até que Portugal tomasse posse definitiva da terra.

— Vi no meu sonho muito ouro e diamante que faziam brilhar uma terra linda; essa terra brilhante era o Brasil, que por muitos outros povos será cobiçada por causa de sua riqueza ainda escondida – conta Catarina.

28

O povo escuta tudo atentamente e não sabe se acredita ou acha graça de suas palavras, mas ela se adianta:

— Não sei se o que vi é alguma profecia ou se é somente um sonho distante da realidade, mas muito claro me parecia.

A bela mulher termina dessa forma sua narrativa. Seu esposo, que a tudo ouvia pacientemente, a abraça e a beija com carinho.

Dez motivos para ampliar sua cultura